님께

태도는 큰 차이를 만드는 작은 것입니다.
Attitude is a little thing that makes a **BIG** difference.

— 윈스턴 처칠

드림

27.432m

1층 베이스줄
바운시시오
갠 ㅂ

27.432m 1루 베이스를 밟으십시오

초판 1쇄 발행 2022년 8월 20일

글쓴이 이재범·이수민 펴낸이 김준연 편집 김정민 디자인 page9
펴낸곳 도서출판 단비 등록 2003년 3월 24일(제2012-000149호)
주소 경기도 고양시 일산서구 고양대로 724-17, 304동 2503호(일산동, 산들마을)
전화 02-322-0268 팩스 02-322-0271 전자우편 rainwelcome@hanmail.net

ISBN 979-11-6350-064-3 03810 값 13,000원

27.432m

이재범·이수민 지음

단비
danbi

27.432m

선물(present)

"야구는 신이 인간에게 준 선물입니다."

— George Frederick Will, 미국의 정치평론가·작가

prologue

"홈(Home plate)에 들어오기 위해서는
1루▷2루▷3루 베이스를 차례대로 밟지 않으면 안됩니다."
— 베이브 루스, 야구의 신

"1루(First base)는 도루(Stolen Bases)가 허용되지 않습니다.
2, 3루는 훔칠 수 있어도 1루는 절대로 훔칠 수 없습니다."
— 레오 마조비, 메이저리그(MLB) 투수코치

목표지점(홈인, run a score)에 도착하기 위한 험난한 여정에서
'1루 베이스'를 밟는 과정은 '기본(Basic)' 중에 기본이 됩니다.
그럼에도 불구하고, 우리들은 삶의 핵심인 기본을
가볍게 보아 넘기는 경향이 있습니다.
집을 2층부터 지으려는 어리석음을 범하는 경우가 많습니다.

27.432m(1루 베이스를 밟으십시오)는 내일을 준비하는 모든 사람들에게
삶의 문법(文法)과도 같은 '기본의 중요성'을 전하고 있습니다.

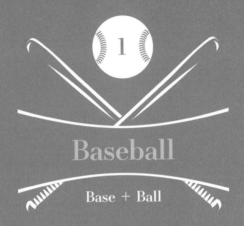

Baseball

Base + Ball

27.432m

Hit the First Base!
1루 베이스를 밟으십시오.

27.432m

27.432m(90 피트)는
야구경기에서 베이스(base)와 베이스(base) 사이의
거리입니다.

타석 ▶ 1루 : 27.432m
1루 ▶ 2루 : 27.432m
2루 ▶ 3루 : 27.432m
3루 ▶ Home plate : 27.432m

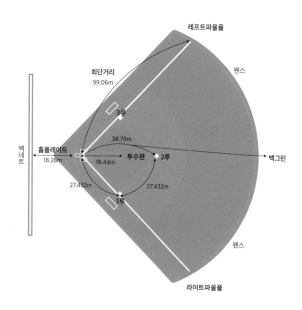

Baseball(9·9·9)

야구(4개의 base + ball)는

9개의 포지션(position)에서

9명으로 편성된 두 팀이 9이닝(inning)동안

승패를 겨루는 경기입니다.

한 팀당 9번의 수비와 9번의 공격으로 경기가 진행됩니다.

9번의 기회와 9번의 위기가 공존(共存)합니다.

위기를 기회로 만드는 팀이

승리의 기쁨과 함께할 수 있습니다.

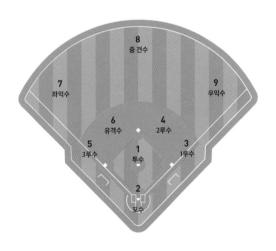

황성기독교청년회(YMCA의 전신)

우리나라에 야구가 처음 소개된 해는 1905년입니다.

야구선수 출신이기도 했던

미국인 선교사 필립 질레트(Philip L. Gillett, 吉禮泰)가

황성기독교청년회(Young Men's Christian Association)야구단을

조직하면서 시작되었습니다.

한국프로야구

1970년대 국내 고교야구대회는
전국민으로부터 사랑을 듬뿍 받았습니다.
그 이후 한국프로야구는
1982년 SAMSUNG LIONS 등
6개의 팀으로 프로야구가 출범하였습니다.
2022년 현재,
한국프로야구는 10개의 구단체제로 운영되고 있습니다.
경기를 통해 꿈과 희망·도전·열정·패기의 메시지를
전해주고 있습니다.

3.6 ~ 4초

야구경기에서 타자가 공을 치고 난 후에
'1루 베이스'에 도착하는 데 걸리는 시간은
대략 3.6 ~ 4초 정도입니다.

4초 안팎의 승부에서 살아남기 위해
치열한 생존경쟁에서 살아남기 위해

타자는 공을 치고 최대한 빨리
'1루 베이스'에 도착하기 위하여
온몸의 힘을 다해 달리고 또 달립니다.

목표지점을 향해 전력질주

타자가 배트(bat)로 공을 맞춘 뒤
목표지점을 향해 전력질주 함에도 불구하고,
'1루 베이스'에 안전하게 도착하는 것은
그리 쉬운 일이 아닙니다.

우리들이 꿈꾸는 세상도 이와 크게 다르지 않습니다.

도전의 길목에는 수많은 '장애물(the hurdles)'과
험난한 '가시밭길'이 놓여 있습니다.

장애물을 건너는 순간
전혀 예상치 못한 '큰 얼음덩어리(氷山)'를 만날 수도 있습니다.
폭풍우를 동반한 '풍랑(wind and waves)'으로 인하여
항해 도중, 배가 부서지거나 뒤집힐 수도 있습니다.
삶(Life)이라는 사막의 모래폭풍 속에서
'지도'와 '나침반'을 잃어버릴 수도 있습니다.

3할대 타자

야구경기에서 '타율(打率)'은
타자를 평가하는 지표 가운데 하나입니다.
타율(batting average)은
안타 수를 타수로 나눈 값(안타 수 ÷ 타수)입니다.

3할대 타자는
타자가 10번 타석에 들어와서
3번 안타를 칠 수 있는 빈도(frequency)를 의미합니다.

3할대 타자는
뛰어난 선수·훌륭한 선수로 인정받고 있습니다.

3할대 타자는
저절로 만들어지는 것이 아닙니다.
타율 이면에는 수천 번에 가까운 도전과
자기 자신과 치열하게 싸워 이겼던 모험의 시간이
고스란히 담겨 있습니다.

70%(7할)실패

야구경기에서

3할대 타자라도 70%(7할)는 실패합니다.

실패의 위험을 달게 받아들이지 않는다면,

'최고의 타자'로 성공할 수 없습니다.

'최고의 선수(Greatest of All Times)'가 될 수 없습니다.

'최적의 인재(Right people, 적합한 사람)'가 될 수 없습니다.

70%의 실패는

'좀 더 멋지게 실패(Fail better) 해보는 법'을 배우는 과정입니다.

꿈의 문턱에 한 걸음 더 다가서는 든든한 날갯짓입니다.

더 나은 미래 설계를 위해

'디딤돌(Stepping stone)'을 놓는 과정입니다.

스프링캠프

Spring
training location

연습·연습·연습

구단(球團)들은 정규시즌이 시작되기 전,
팀별로 모여 전지훈련(轉地訓鍊)을 시작합니다.
'스프링캠프(spring training location)'를 진행하는 것이지요.
스프링캠프는 선수들의 역량강화를 위해
'담금질(quenching)' 과정을 진행하는 것입니다.

담금질은
재료를 높은 온도로 가열하고 급랭(急冷)시켜
단단함의 경도(硬度, hardness)를 높이는 작업입니다.
'더 위대한 도전(The Great Challenge)'이 이루어지는
과정입니다.

이처럼 스프링캠프는
정규시즌 우승을 위해
내일의 꿈을 위해
수많은 연습·연습·연습 과정이 반복됩니다.
Hit & Run·Learn·Run 과정이
쉼 없이 반복됩니다.

파종(seeding)

스프링캠프는
새로운 시즌(1년 농사)의 시작입니다.
젊음이라는 '그라운드(ground)' 위에
자신이 오랫동안 준비했던 '미래의 씨앗'을
파종(播種)하는 시간입니다.

"우리들이 원하는 미래의 꿈은
씨앗을 뿌리고 가꾸는 노력이 없이는
원하는 꽃을 피우거나
원하는 목적지에 도착할 수 없습니다."

— 에듀인뉴스, 2019.10.9.

왜냐하면,
뿌린 상태로 거두게 되기 때문입니다.
뿌린 이후, 거두게 되기 때문입니다.

오늘(now), 씨를 뿌려야
가을에 거둘(harvest) 수 있습니다.

가지치기(pruning)

스프링캠프는
수목(樹木)의 개화·결실, 생육상태 조절을 위해
나뭇가지나 줄기의 일부를 잘라내는(剪定, pruning)
훈련과정입니다.
훈련과정을 통해 잘못된 타격 폼·수비 자세 등을
바르게 교정하는 시간입니다.

가지치기는 나무의 성장과 결실(fruition)을 위해 진행되는
매우 중요한 작업입니다.

가지치기는
나무가 잠잘 때(겨울) 해주는 것이 이상적입니다.
가지치기에 가장 적합한 시기는
나무가 휴면(休眠)에 들어가는 때(11월)부터
이른 봄(2월 초)입니다.

가지치기 과정을 통해
아름다운 꽃과 탐스러운 열매를 맺을 수 있습니다.

겨울눈(冬芽, winter bud)

스프링캠프는

겨울눈(冬芽)을 준비하는 시간입니다.

겨울눈(winter bud)은

여름부터 가을까지 생성되는 식물의 어린 싹(芽)입니다.

겨울눈은 '봄(future)을 미리 준비하는 과정'입니다.

여름부터 꽃눈을 준비하는 이유는

여름부터 새봄을 준비하는 이유는

미리 준비하지 않으면,

꽃과 열매를 맺을 수 없기 때문입니다.

열매를 맺는 나무로 성장할 수 없기 때문입니다.

겨울눈이 없는 나무는 '새로운 봄'을 만들 수 없습니다.

겨울눈이 없는 나무는 '희망의 봄'을 맞이할 수 없습니다.

겨울눈에는

그들만의 독특한 생존 전략이 가득 담겨 있습니다.

어항 속의 금붕어(gold fish)탈출

스프링캠프는

등지느러미(dorsal fin)를 소유한

'상어금붕어' 모습으로 변화를 꿈꾸는 시간입니다.

지금은

한정된 공간 안에서 제자리를 맴도는

어항 속의 금붕어를 닮은 모습이지만,

'상어(shark)'처럼

더 큰 무대·더 큰 세상·더 큰 내일로 나아갈 수 있는

핵심역량(core competency)을 준비하는 시간입니다.

항해기술

스프링캠프는

작은 연못에서 신비롭고 드넓은 바다로 가는

'항해기술(navigation skills)'을 배우고 익히는 시간입니다.

파도타기 기술을 통해 거대한 파도 위를 달리는

'최고의 서퍼(surfer)'로 변화되기 위해

경쟁무기(competitive weapon)를 마련하는 체험의 시간입니다.

씨앗 속에 들어있는 사과의 수(數)

스프링캠프는
'씨앗 속에 들어있는 사과의 수(數)를 찾아가는
훈련과정'입니다.

"사과 안에 들어있는 씨앗은 셀 수 있지만,
한 개의 씨앗 속에 들어있는 사과의 수는 셀 수 없습니다."
— 캔키지, 미국의 작가

씨앗에 담겨 있는 '열매의 수'는
감히 상상할 수 없습니다.
우리들은 무한한 가능성과
잠재력을 지니고 있는 존재입니다.
우리 모두는 '꿈꾸는 씨앗'입니다.

'꿈의 날개' 치유

스프링캠프는
더 높이 비상하기 위하여
상처 난 한쪽 날개를 치료하는 시간입니다.
시행착오의 과정에서 부러진
'꿈의 날개'를 치유(healing)하는 시간입니다.

치유과정을 통하여
가장 높이 그리고 가장 멀리 날아가는
'세상에서 가장 큰 새(Albatross)'로
거듭 태어날 수 있습니다.

'트랜스포머(transformer) 물고기'

스프링캠프는
'날치(flying fish)'로 하여금 비상의 날갯짓을 위해
가슴지느러미(pectoral fin)의 역할을 극대화하는 과정입니다.

날치(飛魚)는 포식자(捕食者)로부터 위협을 느끼면
가슴지느러미를 이용하여
해수면 위를 400m 정도 날 수 있도록
비행에 최적화된 물고기입니다.

새의 날개처럼 발달된 가슴지느러미를 지닌 날치는
'변화와 창조적 혁신(creatinnovation)'을 이끄는 주인공입니다.
현실에 안주하지 않고, 더 넓은 세상에 도전하는
'트랜스포머(transformer) 물고기'입니다.

예행연습(Rehearsal, Re-hearing)

스프링캠프는
내일(future)의 승리를 위한 예행연습(rehearsal)의 시간입니다.

예행연습은 '행사, 연극, 공연 등을 하기 전에
실제처럼 하는 행위'입니다.
실제의 경기를 방불케 하는 훈련과정입니다.

여러 차례 연습을 반복하면서
다시 들어보는(re-hearing) 과정입니다.
다시 한번 더 자신을 뒤돌아보는 시간입니다.

스프링캠프는
애벌레 모습에서 나비처럼 하늘을 훨훨 날 수 있도록
고공비행(高空飛行) 훈련에 도전하는 시간입니다.

새로운 설렘

스프링캠프는

스스로의 한계를 극복하는 훈련을 통해

자신의 내부에 담고 있는

가공되지 않은 보석(原石)을 발견하는 과정입니다.

자신(自身)이란 원석을 다이아몬드 보석으로

정밀하게 만드는(細工) 시간입니다.

새 시즌(new season)을 준비하는 시간입니다.

새로운 시작·새로운 도전을 위한 시간입니다.

4개의 베이스

Base

기본(basic)

"흥민이도 기본기를 배우는 데는 7년이나 걸렸습니다."

— 손웅정, SON축구아카데미 감독

최고 정상의 스포츠선수들은
자신을 현재의 위치로 이끌어 준 비결은
'기본훈련에 충실함'이었다고 말합니다.
기본은 '어떤 것을 이루기 위해
가장 먼저 또는 꼭 있어야 하는 것'을 말합니다.
기본은 우리들을 승리로 이끄는
주춧돌(礎石, cornerstone) 역할을 합니다.

서두름 없이 기본에 충실하는 것이 최고의 경쟁력입니다.
왜냐하면, 기본에 충실하면
'최고의 기본기'를 소유할 수 있기 때문입니다.

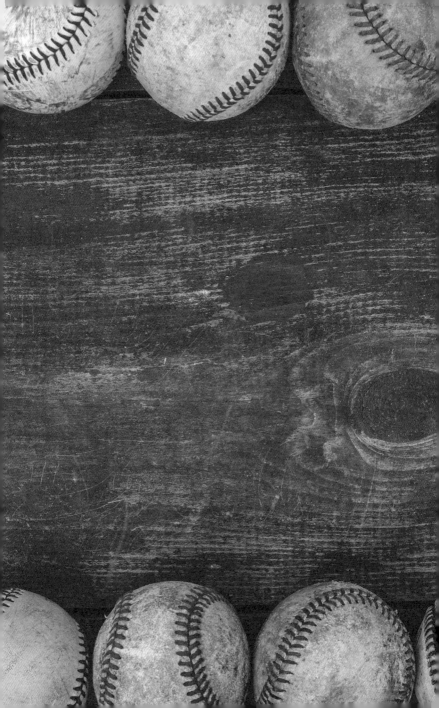

목적지(目的地)

야구경기에서
목표지점(홈인, run a score)에 들어오기 위해서는
1루 ▷ 2루 ▷ 3루 베이스를 순서대로 밟아야 합니다.
베이스를 차례대로 밟지 않으면,
홈플레이트(home plate)를 밟을 수 없습니다.
득점·성과로 인정받을 수 없습니다.

우리가 꿈꾸는 세상의 모든 일도
베이스를 밟아가는 과정을 닮았습니다.

기본 규칙(rule)을 준수하면서
미래의 세상을 향해 한 걸음, 한 걸음 나아갈 때
원하는 목적지에 안전하게 도착할 수 있습니다.

Unfair play

목표달성을 위하여
3루 ▷ 2루 ▷ 1루 베이스를 거꾸로 밟는
비신사적인(unfair play) 행위는 결코 허용되지 않습니다.
항상 기본(basic)을 생각하고, 기본에 충실하면서
우리들에게 주어진 삶의 베이스를
차례대로 밟아야 합니다.

그 순간
미래로 향하는 길을 안내해 줄
삶의 나침반
삶의 지도
삶의 거울과 저울을
만나게 될 것입니다.

4개의 베이스

야구에서 4개의 베이스는 봄·여름·가을·겨울입니다.

봄은 출발을 의미하는 '1루 베이스'입니다.
첫 단추를 잘 끼우는 시간입니다.
더 큰 세상·더 큰 꿈·더 큰 행복을 위하여
씨앗을 뿌리는 시간입니다.

여름은 뒤돌아봄의 지혜를 담고 있는 '2루 베이스'입니다.
마음 속에 있는 잡초(이기심·자만심·욕심·허영심·게으름)를
제거하는 시간입니다.
땀 흘림의 가치를 배우는 시간입니다.

가을은 그동안의 수고에 감사를 전하는 '3루 베이스'입니다.
겸손의 미덕과 함께 가을걷이의 기쁨을 누리는 시간입니다.
기다림의 지혜도 배우는 시간입니다.

겨울은 새로운 도전과 희망의 '베이스(홈플레이트)'입니다.
'새로운 봄(spring·seeing)'을 준비하는 시간입니다.
더 나은 내일을 빚는(mold) 시간입니다.
더 나은 미래를 디자인하는 시간입니다.

1루 베이스

지금 이 순간
여러분은 어느 공간에 머물러 있습니까?

'1루 베이스'입니까?

그곳에서 무엇을 하고 있습니까?

'2루 베이스' 진입을 위해
열정(passion)과 패기(spirit)
그리고 도전(challenge)과 모험(adventure)을 준비하고 있습니까?

2루 베이스

지금 이 순간

여러분은 어느 공간에 머물러 있습니까?

'2루 베이스' 입니까?

그곳에서 무엇을 하고 있습니까?

생존경쟁의 시간

경쟁우위(competitive advantage)를 득할 수 있는

새로운 씨앗(Knowledge·Skill·Attitude)을 준비하고 있습니까?

3루 베이스

지금 여러분이
머물고 있는 공간은 어느 곳입니까?

'3루 베이스'입니까?

그곳에서 무엇을 하고 있습니까?

목적지에 대한 정확한 방향 설정과
미래 세계의 큰 그림(Big picture·Big future)을 위한
조감도(鳥瞰圖, bird's - eye view)를 준비하고 있습니까?

홈플레이트(Home plate)

지금 여러분이
머물고 있는 '잠시 멈춤'의 공간은 어느 곳입니까?

'홈플레이트'입니까?

그곳에서 무엇을 하고 있습니까?

더 나은 미래의 목표지점을 맞이하기 위해
흐트러진 마음의 끈(絃)을 조율(tuning)하고 있습니까?

조율(tuning)

조율(調律)의 사전적 의미는
'건반이나 현악기의 음을 표준음에 맞추어 고름'이라는
의미를 담고 있습니다.

내면의 흐트러진 소리를
표준음·기본음에 다시 맞추어
제대로 '音'을 내게 하는 것입니다.

좋은 악기·좋은 선수·좋은 사람

피아노 조율의 경우에는

88개의 건반(흰 건반 52, 검은 건반 36)을 대상으로

음계(音階)를 맞추는 지극히 어려운 과정이 함께합니다.

조율은 악기에만 필요한 것이 아닙니다.

우리들의 태도(attitude)에도 조율의 과정이 필요합니다.

흐트러진 '音'을 표준음·기본음에 잘 맞추면

좋은 악기·좋은 선수·좋은 사람이 될 수 있습니다.

With 27.432m

Pacemaker

27.432m는 '페이스메이커(pacemaker)' 입니다.

페이스메이커는
중거리 이상의 경주(race) 등에서
선두주자의 기록 향상을 위해
일정한 거리까지 앞에서 끌어주거나,
나란히 달리는 선수를 말합니다.

속도의 모범(본보기)을 보이는 사람입니다.
바람의 저항을 막아주는 역할을 합니다.

Page turner

27.432m는 '페이지 터너(page turner)'입니다.

페이지 터너는

음악 연주회에서 연주자 대신

악보를 넘겨주는 사람을 뜻합니다.

보이지 않는 곳에서 연주자 역할을 하는 존재입니다.

숨은 조력자(helper)입니다.

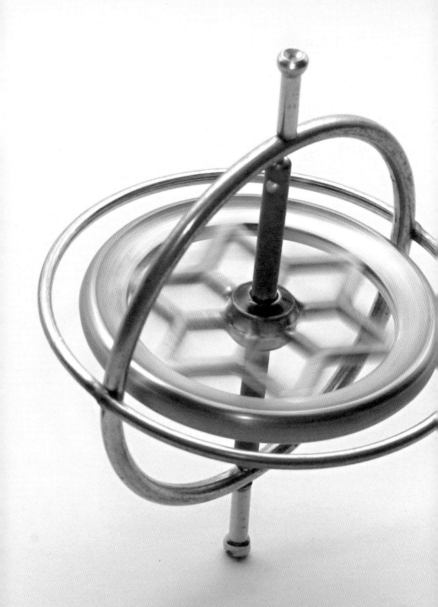

자이로스코프(gyroscope)

27.432m는 '자이로스코프(gyroscope)'입니다.

자이로스코프는
'자이로컴퍼스(gyrocompass)'라고도 합니다.
자이로컴퍼스는 비행기·배·우주선 등이
올바른 방향으로 나아가도록 돕는
내비게이션(navigation) 장치입니다.

27.432m는
목적지에 안전하게 도착할 수 있도록
'방향설명서'가 담긴 나침반(compass)입니다.

선박평형수(Ballast Water)

27.432m는 '선박평형수(ballast water)'입니다.

선박평형수는 배(船)의 무게중심을 맞추기 위해
배 바닥 혹은 좌우에 설치된
밸러스트 탱크에 채워 넣는 바닷물입니다.

선박평형수가 부족하면,
배가 한쪽으로 기울어지는 위험을 맞이하게 됩니다.
선박평형수는 배가 균형을 잘 유지할 수 있도록
무게중심을 맞추어 줍니다.

27.432m는
선박평형수처럼 삶을 균형 있게 잡아주고,
어려움을 이겨내는 버팀목 역할을 합니다.

점·선·면·입체

27.432m는 '점(点)'입니다.

점(点)이 연결되어 선(線)이 되고,

선(線)이 연결되면 면(面)이 됩니다.

그리고 마침내 입체(立體)가 됩니다.

"새의 깃털이라도 쌓이고 쌓이면

배(舟)를 가라앉힐 수 있습니다."

이처럼 작은 일도 쌓이면 큰 일이 됩니다.

미래의 큰 그림은

오늘의 '작은 점(27.432m)'으로부터 이루어집니다.

1℃

27.432m는 '1℃'입니다.

물은 100℃에서 끓습니다.
물의 온도가 99℃에 머물러 있으면,
물은 절대로 끓지 않습니다.
1℃의 차이로 인해 물이 끓지 않는 것입니다.

열정의 온도, 실행의 온도를 1℃ 높여줄 때
놀라울 정도의 성과가 발생합니다.

링거액(Ringer's solution)

27.432m의 땀방울은 '링거액'입니다.

링거액은 혈액 대신 사용되는 용액입니다.
각종 질환이나 대량출혈, 영양소 결핍이 올 경우,
염분과 수분 그리고 영양분을 보충하는 기능을 맡습니다.

한 방울씩 떨어지는 링거액은 생명수(生命水)입니다.
한 방울씩 떨어지는 27.432m의 땀방울도 '생명수'입니다.

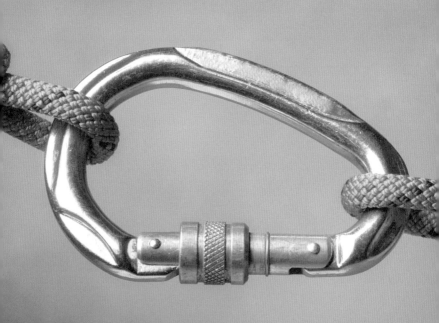

카라비너(carabiner)

27.432m는 '카라비너(carabiner)'입니다.

카라비너는 암벽등반에 쓰는 도구입니다.

암벽등반 시 손에 잡을 것이 없을 때,

암벽에 암벽등반 장비를 박고,

카라비너와 등반용 밧줄을 연결합니다.

카라비너는

등반할 때 없어서는 안 될 중요한 등산장비입니다.

카라비너는

등반자의 생명선을 잡아주고 지켜주는 '고리(環)'입니다.

27.432m는

베이스와 베이스 간 조화를 통해

'두드림(Do Dream)'의 기적을 불러오는

연결고리(ring)입니다.

꽃가루(pollen)

27.432m는 '꽃가루'입니다.

꽃가루는 열매를 맺게 하고,
꽃을 피게 하는 중요한 매개자입니다.
꽃가루가 나비나 벌들에 의해 수정(受精)이 되면,
꽃을 통해 열매를 맺게 됩니다.

꽃가루는 탁월한 성과창출을 견인하는
'퍼실리테이터(조력자·촉진자·Designer)'입니다.

꽃잎 & 꽃

27.432m는 '꽃잎'입니다.

"꽃잎이 모여 꽃이 됩니다.

나무가 모여 숲이 됩니다.

냇물이 모여 바다가 됩니다."

— 양광모, 꽃잎이 모여 꽃이 됩니다

작은 일도 소중히 여기면서

서두르지 말되, 멈추지 않고(Sin prisa, sin pausa),

미래의 목표지점을 향해 나아가는 순간,

오늘의 작은 꽃잎이 모여 내일의 꽃(Dream)이 됩니다.

작은 도토리

27.432m는 '작은 도토리'입니다.

미국 밴더빌트 대학교의 상징(UI : University Identity)은
작은 도토리입니다.
우리가 맞이하는 도전의 시간은
도토리 같이 작은 모습이지만,
미래에는 큰 나무로 성장하고,
발전할 가능성이 존재함을
상징적으로 표현하고 있는 것이지요.

27.432m의 작은 도토리 안에는
엄청난 미래가 담겨 있습니다.
도토리 한 알 속에는 상상할 수 없는 미래가
숨 쉬고 있습니다.

작은 강·바다·숲

27.432m는 '작은 강'입니다.

"한 번에 바다를 만들려고 해서는 안됩니다.
우선 작은 강부터 만들어야 합니다."

— 유대인 격언

작은 씨앗(seed) 하나가,

작은 실행(doing) 하나가,

작은 도전(challenge) 하나가,

커다란 숲(forest·life)을 만듭니다.

쉬운 일·작은 일

27.432m는 '작은 돌'입니다.

"세상의 어려운 일은 모두 쉬운 일에서 비롯되고,
세상의 큰 일은 반드시 작은 일에서 시작됩니다."

— 노자, 도덕경 제63장

4000년 전에 만들어진 이집트 피라미드는
높이 146.5m의 장엄한 건축물입니다.
이 피라미드를 세우는 데
총 230 ~ 250만 개의 돌이 사용되었고,
돌의 전체 무게는 700만 톤에 이른다고 합니다.
그런 이집트의 피라미드도 작은 돌 하나
그리고 또 하나가 모여서 이루어졌습니다.

작은 것이 기본이 되었습니다.
작은 일(돌)이 큰 일(돌)이 되었습니다.

마중물(Calling water)

27.432m는
내일의 힘찬 비상을 위한 '마중물(calling water)'입니다.

마중물은 수동 펌프에 물이 올라오지 않을 때,
지하에 있는 물을 끌어 올리기 위해
위로부터 붓는 한 바가지의 물을 의미합니다.

마중물은 많은 물을 필요로 하지 않습니다.
마중물은 나를 먼저 희생시키는 행위입니다.
마중물은 거대한 물줄기를 만나러 가는 과정입니다.

27.432m

내일의 꿈을 디자인(Design)하기 위하여

여러분(Dream Designer)이 준비하고 있는

27.432m는 무엇입니까?

좋은 흙(沃土)

"튼튼한 나무가 있기를 바라고,
고운 꽃을 보기 원한다면
반드시 좋은 흙이 있어야지요.
흙이 없으면 꽃도 나무도 없습니다.
그러므로 꽃이나 나무보다 흙이 더 중요합니다."

— 루쉰, 중국의 문학자·사상가

향기 가득한 최고의 존재(player)로 거듭 태어나기 위해서는
내면의 마음 밭이 옥토(沃土)가 되어야 합니다.
옥토를 닮은 마음 밭이 되기 위해서는
쉼 없는 학습활동을 통한
밭갈이를 게을리하지 말아야 합니다.

그리고
준비된 가지런한 밭이랑(plowed rows in a field)에
세상으로부터 초대받을 수 있는
새로운 도전의 씨앗을 뿌려야 합니다.

파종(播種)시기

"씨앗은 모든 것의 출발점입니다.
씨앗은 모든 것의 기본입니다."

— 고도원의 아침편지

'파종(씨를 뿌리는 것) 시기'를 놓치지 마십시오.
우리에게 주어진 변화와 혁신의 씨뿌리기를
게을리하지 마십시오.

여러분이 '뿌린 씨앗'은 무엇입니까?
여러분이 '만들고 있는 미래의 씨앗'은 무엇입니까?

'뿌린 씨앗'

_____

_____

_____

_____

_____

_____

_____

_____

_____

_____

_____

'만들고 있는 미래의 씨앗'

_____

_____

_____

_____

_____

_____

_____

_____

_____

_____

_____

'ABCDE'

기본으로 돌아가십시오(Back to the basic).

그리고 A·B·C·D·E 하십시오.

Ambitious(야망을 가지십시오)

Brave(용기를 가지십시오)

Confidence(자신감을 가지십시오)

Dream Designer(드림 디자이너가 되십시오)

Effort(노력하십시오)

그렇게 하면

최다 안타(safety)의 주인공이 될 수 있습니다.

최다(最多) 홈런의 주인공이 될 수 있습니다.

골든 글러브(golden glove)의 주인공이 될 수 있습니다.

자신의 삶에 주인공이 될 수 있습니다.

'참 좋은 사람'

1루 베이스를 밟으십시오(Hit the First base!).
자신만의 스프링캠프 색채(色彩)를 소유하십시오!
With 27.432m 하십시오!

그러면
'기본이 충실한 사람'이 될 수 있습니다.
'최고의 선수'·'최적의 인재'가 될 수 있습니다.
거대한 파도 위에서 자신의 한계를 극복하는
'최고의 서퍼'가 될 수 있습니다.
깊고 넓은 바다 탐험에 필요한
항해지도와 나침반을 제작하는 '장인(匠人)'이
될 수 있습니다.
삶의 구간과 동일시 되는
42.195km 마라톤 레이스에 성공하는
'완주(完走)'의 주인공이 될 수 있습니다.
세상의 모든 사람들에게
삶의 기본과 원칙을 아낌없이 전해주는
'참 좋은 사람'이 될 수 있습니다.

27.432m

epilogue

Spring training location • With 27.432m

일정기간에만 진행하는 봄철훈련이 아닙니다.
겨울철(비시즌)에만 진행되는
동계 합숙훈련 프로그램이 아닙니다.

시즌 내내 우리의 마음 속에서
Hit & Run·Learn·Run 과정을 통해
핵심역량을 준비하는 시간입니다.

가장 쉬운 일 그리고 가장 작은 일부터
시작하는 태도를 배우는 시간입니다.
꽃이 아니라 뿌리를 준비하는 시간입니다.
더 나은 미래를 만드는 좋은 씨앗을
땅에 심는 시간입니다.

런던에서
쉼 없이 도전하는 준호·수민이와
늘 곁에서 선한 기도로
모든 것을 돕는 아내에게
감사를 드립니다.